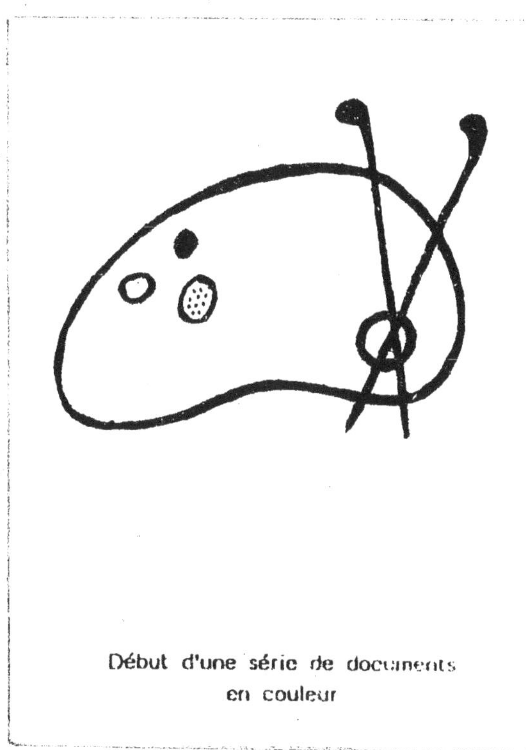

COUVERTURES SUPERIEURE ET INFERIEURE D'IMPRIMEUR

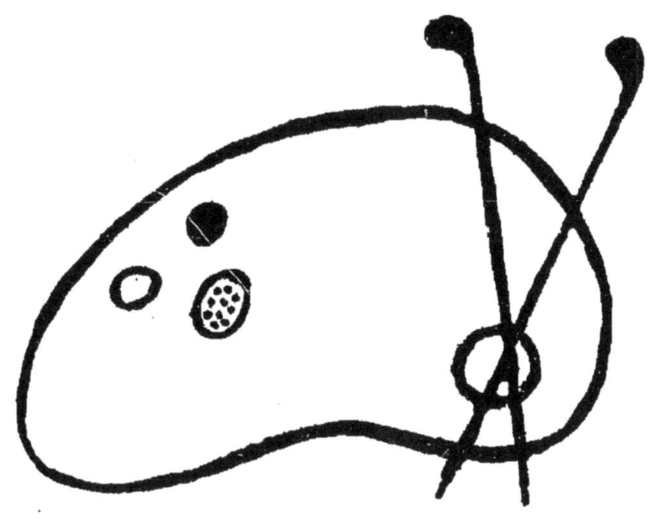

Fin d'une série de documents
en couleur

LES

ÉPINGLES A LA CHANDELLE

SÉRIE PETIT IN-12

Le docteur donnait gratuitement ses soins
aux pauvres du village. (P. 8.)

LES
ÉPINGLES A LA CHANDELLE

PAR

MARIE GUERRIER DE HAUPT

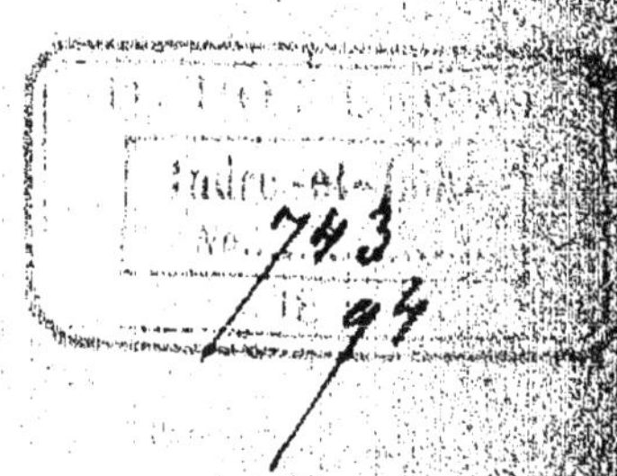

TOURS
ALFRED MAME ET FILS, ÉDITEURS

—

1894

ÉPINGLES A LA CHANDELLE

———▷—✳—◁———

Dans un charmant village du département des Deux-Sèvres se trouve un ancien château féodal, actuellement déchu de sa splendeur, mais ayant néanmoins conservé grand air en dépit du mauvais état de la tour et de l'aspect débonnaire du pont-levis, maintenant immobile, et dont les chaînes rouillées servent d'escarpolette aux enfants du village.

Ce château, dont nous tairons le nom, appartenait, il y a quelques années, à un vieux médecin qui, après avoir cédé sa clientèle à un jeune confrère, était venu, avec sa femme et ses deux filles, s'installer là, où son modeste revenu, qui aurait été insuffisant à la ville, lui constituait une véritable aisance.

Le bon docteur partageait son temps entre l'agriculture, l'étude et les soins qu'il donnait gratuitement aux pauvres du village. Les deux jeunes filles, Léonie et Édith, âgées, l'une de quinze ans, l'autre de treize, continuaient leur éducation sous la direction de leur mère, et la secondaient de leur mieux dans ses œuvres de charité.

Pendant les longues soirées d'hiver, on se réunissait autour de la lampe, dans une petite pièce attenant à l'ancienne salle d'armes du château, et, tout en causant, on travaillait pour les pauvres.

Plusieurs jeunes filles de l'âge des petites châtelaines venaient aussi veiller au château. La fille du notaire, celle du percepteur, celle du médecin du bourg, ami du vieux docteur, et les deux filles de l'instituteur, composaient une assemblée souvent assez bruyante.

Si les petits doigts travaillaient activement à confectionner pour les malheureux des vêtements chauds, les langues, il faut bien l'avouer, se montraient encore plus infatigables. Le plus fâcheux de l'affaire était que, non contentes de parler chacune à leur tour, les gentilles ouvrières se coupaient souvent mutuellement la parole, et que le bruit devenait un véritable tumulte.

« Mesdemoiselles, dit un jour la maîtresse de maison, que nous nommerons Mᵐᵉ Durand, en ma qualité de présidente de vos réunions, je dois maintenir l'ordre. Quand deux d'entre vous parleront à la fois, je placerai, comme on le faisait au bon vieux temps, une « épingle à la chandelle », et l'interruptrice devra racheter cette épingle d'une façon que nous fixerons tout à l'heure.

— Oh! petite mère! fit en riant Édith, l'enfant gâtée de la famille, comment ferez-vous pour mettre une épingle à la chandelle? Nous n'avons ici qu'une lampe!

— Peu importe, répondit Mᵐᵉ Durand, nous mettrons une « épingle à la lampe ».

Tout aussitôt, prenant dans sa corbeille à ouvrage une mignonne pelote en velours rouge, la châtelaine la fixa à la lampe à l'aide d'un ruban.

« A la première interruption, dit-elle, on piquera une épingle sur cette pelote, et pour la racheter l'interruptrice devra raconter une histoire.

— Et... si c'est une maman qui interrompt? demanda en rougissant l'incorrigible Édith.

— Si une maman interrompt votre babil, Mesdemoiselles, intervint M. Durand, ce sera pour y mettre fin, et par mesure d'ordre; elle n'aura donc point à payer l'amende. Mais si une soirée se passe sans qu'il y ait d'épingle à la chandelle, il se trouvera certainement une maman ou un papa pour vous récompenser de votre conduite exemplaire en vous racontant une histoire.

— Oh! quel bonheur! s'écria Léonie. Mesdemoiselles, je vous préviens que papa sait beaucoup, beaucoup d'histoires!

— Oui, repartit en riant M. Durand; mais, comme il sait aussi la sténographie, il se réserve le rôle de secrétaire, afin de conserver les récits que nous allons entendre.

— Ainsi les histoires que nous raconterons seront écrites? s'écria d'un ton de désespoir comique Marthe, l'aînée des filles de l'instituteur.

— Non seulement elles seront écrites, dit à son tour Mme Durand, mais peut-être les enverrai-je à l'une de mes vieilles amies, dont Léonie et Édith se souviennent sans doute encore, et qui pourrait fort bien se permettre de les faire imprimer. »

Mme Durand a tenu parole, et ce sont les récits envoyés par elle que nous publions aujourd'hui sous le titre de :

LES ÉPINGLES A LA CHANDELLE

TEL BRILLE AU SECOND RANG

QUI S'ÉCLIPSE AU PREMIER

« Harry, portez ces ballots à leur adresse ; dépêchez-vous, nous sommes en retard.

— Oui, monsieur Dick.

— Richard, la commande faite par M. Smithson, Sons et Cie a-t-elle été enregistrée ? Non ! Voilà un acte de négligence dont M. Wilson sera informé aujourd'hui même, faites-la enregistrer sans plus tarder. Allons, mes enfants, du courage ! Hardi, mes garçons ! enlevez ces balles de laine ! Et celles-ci, que font-elles là ? Elles sont destinées à la teinture ; enlevez, enlevez, hâtez-vous ! Ouf ! je n'en puis plus ! M. Wilson est bien heureux de m'avoir ! »

Et M. Dick, se laissant tomber sur un ballot de marchandises, s'essuya le front avec son mouchoir à carreaux.

M. Dick était le premier employé, l'homme

de confiance de William Wilson, qui depuis un an se trouvait, par la mort de son père,

Maître Dick.

à la tête de l'une des plus importantes maisons de commerce de la Cité, une fabrique d'étoffes de laine qui faisait chaque année pour plusieurs millions d'affaires. Le jeune négociant était encore inexpérimenté, quoique doué au plus haut point de l'esprit du commerce, et son intelligence remarquable lui permettait de se familiariser promptement avec des questions qui jusqu'alors lui étaient demeurées étrangères.

Il fut donc heureux que Dick, vieil employé de son père, le mît au courant des usages de la maison, de cette routine commerciale que l'on pourrait comparer à l'huile qui graisse les rouages d'une machine. Elle n'ajoute rien à la machine même et contribue puissamment à la régularité, à la rapidité de sa marche.

Seulement si, dans le principe, les conseils de maître Dick avaient été d'une utilité incontestable, on doit avouer qu'ils étaient devenus bientôt plus que superflus, car l'élève n'avait pas tardé à dépasser le maître.

Mais Dick n'en voulait pas convenir. Fidèle à l'esprit de routine, il blâmait obstinément toutes les innovations tentées par le jeune patron, et ce n'était pas sans peine que celui-ci arrivait à faire triompher ses idées dans sa propre maison.

Et pourtant ces idées étaient loin d'être

aussi détestables que Dick le prétendait. William Wilson avait fait d'excellentes études, et depuis un an qu'il travaillait avec une incroyable énergie à se mettre au courant des procédés de fabrication, les connaissances qu'il possédait lui avaient permis d'introduire chez lui des améliorations notables. Mais Dick trouvait qu'il était bien dur, à cinquante ans sonnés, d'obéir à un jeune homme de vingt-six ans qu'il avait vu tout enfant, qui n'avait (disait le bonhomme) aucune expérience des affaires, et qui certainement ruinerait la maison que son père et son grand-père avaient fait prospérer sans avoir recours à toutes ces inventions modernes, qui ne pouvaient produire que de mauvais résultats.

Cependant, malgré ces prédictions sinistres, les bénéfices augmentaient, à la grande surprise et presque à l'indignation de Dick. La seule chose qui le consolât, c'était la conviction absolue que la prospérité croissante de la maison était due, non aux améliorations apportées par le maître, mais au zèle et à l'expérience de lui, Dick.

Il était d'ailleurs confirmé dans cette opinion par les égards et l'affectueuse déférence que William lui témoignait. Le jeune homme, reconnaissant les bons et longs services rendus par l'employé, non seulemont à lui, mais à son père, le traitait comme un vieil ami et supportait patiemmént les boutades du vieux Dick, quoique celui-ci eût assez peu de tact pour se permettre de lui adresser parfois de vifs reproches en présence même des autres employés, qui pouvaient se croire autorisés par son exemple à manquer aussi au respect qu'ils devaient à leur patron. Plus la bonté de William semblait infatigable, plus la morgue et l'arrogance de Dick augmentaient. Ce qu'il y avait de plus étrange, c'est que, à force de se vanter aux dépens de William, il avait fini par croire fermement qu'il était le seul soutien de la maison; qu'elle ne marchait que grâce à lui; que, s'il la quittait, elle serait perdue sans ressource; qu'il tenait entre ses mains la fortune ou la ruine de William Wilson. Il trouvait que le jeune homme était un ingrat, s'il ne comprenait pas le sublime dévouement qu'il y avait de sa part, à lui, Dick, à rester simple commis, employé sous les ordres d'un maître cent fois moins expérimenté que lui, et moins capable de diriger une importante maison telle que la maison Wilson et Cie, de Londres !

Par malheur, William, malgré toute son affection pour Dick, ne partageait pas complètement son opinion à cet égard. Il appréciait les excellentes qualités du vieux commis, mais ses prétentions d'administrateur lui semblaient quelque peu exorbitantes. Parfois un sourire railleur, qu'il ne pouvait réprimer, trahissait sa pensée aux yeux de Dick. Rien au monde ne pouvait blesser davantage l'amour-propre du commis, qui s'emportait souvent jusqu'à menacer William de le quitter.

Le jeune homme n'avait d'autre moyen pour le calmer que de l'inviter à dîner. Le brave Dick était fort sensible à la bonne chère, et sa rancune ne tenait pas contre la perspective d'un succulent rosbif, d'un pudding et d'un bol de punch.

Mais s'il oubliait sa colère en dînant, il la retrouvait au sortir de table, pour peu qu'une légère contradiction de la part de William vînt froisser son ombrageuse susceptibilité.

Le jour où commence cette histoire, Dick semblait être tout particulièrement, comme disent les bonnes gens, *mal monté*. Il gourmandait les employés à tort et à travers, se démenait, s'agitait, se donnait cent fois plus de mouvement qu'il n'eût été nécessaire, et gémissait bien haut de la fatigue horrible qu'il ressentait et du mal qu'il se donnait pour obliger « un ingrat ».

« J'en tomberai malade, bien sûr ! murmurait-il en s'essuyant encore le front avec son mouchoir. Je suis sur les dents ! Je dois voir tout par mes propres yeux, veiller à tout, mettre ordre à tout ; autrement rien ne se ferait convenablement ! Et pour qui, pourquoi, je vous le demande, suis-je assez fou pour me donner tant de mal ? Qui m'en saura gré ? Je vous le demande encore, et réellement je serais bien aise de le savoir. »

Cette question ne pouvait s'adresser qu'à maître Dick lui-même ; car les employés, occupés de leur travail, n'étaient pas à portée de l'entendre ; aussi, comme malgré sa demande le bonhomme n'attendait aucune réponse, fut-il un peu confus lorsque William, qui entrait alors au magasin et que des ballots de marchandises l'avaient empêché d'apercevoir tout d'abord, s'avança vers lui en souriant et répondit :

« Qui vous en saura gré, mon cher Dick ?

Mais je crois que c'est moi. Vous n'en doutez pas, je l'espère. »

Dick, un moment embarrassé, reprit vite toute son assurance et répondit du ton maussade qui lui était habituel :

« Hum ! je n'en doute pas, je n'en doute pas, c'est selon ! Si vous saviez si bien apprécier mes services, vous ne repousseriez pas aveuglément tous les conseils que je vous donne dans votre intérêt. Je vous le répète, avec votre manie de faire du nouveau, vous ruinerez complètement la maison, qui prospérait si bien aux mains de votre père.

— Mais il me semble, dit William, non sans un peu de malice, que la maison n'est pas sur le chemin de la ruine ; nous faisons cette année plus d'affaires que les années précédentes.

— Plus d'affaires ! grommela le vieux commis, qui ne pouvait nier un fait connu de tout le monde ; plus d'affaires ! oui, c'est possible, je ne dis pas non ; mais, après tout, est-ce une si bonne chose que de faire plus d'affaires ? Vous imposez à vos ouvriers, à vos employés, une besogne au-dessus de leurs forces ; bientôt ils vous abandonneront, et la ruine commencera pour vous.

—Vous ne parlez pas sérieusement, Dick, repartit vivement le jeune négociant. Vous savez aussi bien que moi que j'ai presque doublé le nombre de mes employés, et que de plus j'ai élevé les salaires. Je suis sûr de mes ouvriers comme de moi-même; ils sont contents de leur sort, fiers de la prospérité de la maison; pas un d'eux, j'en suis certain, ne songe à me quitter.

— Oui, oui, grommela encore Dick entre ses dents, mais assez haut cependant pour être entendu, on ménage les ouvriers, on évite de les surcharger de travail, et l'on crie bien haut qu'on est sûr de les garder. On aurait tort peut-être de l'affirmer de la même manière pour tout le monde.

— Que voulez-vous dire, mon cher Dick? Expliquez-vous, je vous en prie, dit M. Wilson.

— Bon! je m'entends, cela suffit! Je n'ai rien à dire de plus que ce que vous avez entendu : je suis rompu, brisé, exténué, je n'en puis plus, et si vous vous félicitez de faire plus d'affaires que les autres années, je n'ai pour ma part aucun sujet d'en être satisfait.

— Dick, vous êtes injuste, fit M. Wilson

d'un ton de reproche; j'ai augmenté vos appointements d'un tiers, et j'ai voulu vous adjoindre un aide. Vous avez refusé obstinément cette dernière proposition, et peu s'en est fallu que votre susceptibilité n'en prît ombrage. Comme je tenais à ne pas vous contrarier, j'ai abandonné ce projet, qui pourtant me convenait fort; et comme, en effet, nos nouvelles opérations commerciales vous apportent un surcroît de besogne, j'ai encore augmenté le chiffre de vos appointements; dites-le vous-même, pouvais-je mieux faire?

— Vous pouviez ne pas augmenter autant le cercle de vos opérations, » reprit l'obstiné bonhomme.

Malgré son calme habituel, William laissa échapper un mouvement d'impatience qu'il réprima aussitôt.

« Allons, fit-il d'un ton de bonne humeur, vous ne devez pas tant vous en plaindre; car vous avez eu ainsi l'occasion de déployer les rares qualités qui vous distinguent, la ponctualité, la méthode, l'activité, et je compte ce soir même vous adresser devant témoins mes compliments, si vous voulez me faire l'amitié de dîner avec moi et deux ou trois amis qui ont bien voulu accepter mon invitation. »

Un observateur aurait pu difficilement s'empêcher de rire en voyant la physionomie de maître Dick changer brusquement d'expression. Son air renfrogné fit place à un gracieux sourire, et ce fut du ton le plus poli qu'il répondit :

« Certainement, monsieur Wilson ; je vous remercie beaucoup ;... très flatté, en vérité ;... j'accepte avec reconnaissance... Le temps d'aller changer de costume, et je reviens.

— Allez, mon cher Dick, reprit le patron d'un ton affectueux, ne vous pressez pas ; je vous promets que nous vous attendrons, et que l'on ne se mettra pas à table sans vous.»

Malgré cette promesse, Dick se pressa tellement, qu'il fut le premier arrivé. Ainsi que l'avait dit William, il était d'une exactitude rigoureuse. Qu'il fût question d'une commande importante ou d'une invitation à dîner, Dick était toujours le premier au rendez-vous.

Les autres convives de M. Wilson étaient trois honorables négociants un peu plus âgés que lui, et qui l'avaient aidé de leurs conseils au moment de la mort de son père.

Tous trois ne pouvaient se lasser d'admirer les hautes capacités commerciales dont William avait fait preuve, et l'encourageaient de tout leur pouvoir à persévérer dans la voie qu'il avait suivie jusque-là.

Comme c'étaient des gens de cœur en même temps que des commerçants intelligents et honnêtes, ils approuvaient hautement la conduite de William à l'égard du vieux commis de son père, et témoignaient à Dick la bienveillance la plus amicale. Cette bienveillance pourtant n'allait pas jusqu'à excuser complètement les prétentions de l'employé. M. Philips, entre autres, le plus âgé des trois amis de William, se laissait quelquefois entraîner à des discussions assez violentes, par lesquelles il n'arrivait pas à convaincre Dick de ses torts, mais seulement à l'aigrir encore et à augmenter son irritation contre le jeune chef de la maison Wilson et Cie.

Comme en ce moment il ne s'agissait pas de discuter au sujet d'affaires commerciales, mais seulement de prendre sa part d'un excellent dîner, tout alla d'abord le mieux du monde. Chacun paraissait plus occupé de satisfaire son appétit que de l'opinion du voisin; il résultait de là un calme parfait et un accord vraiment admirable régnant entre les convives.

Quand on approcha de la fin du repas, la conversation devint plus animée. On causa de choses insignifiantes d'abord, et peu à peu, sans presque s'en apercevoir, on en arriva à parler commerce, transactions, spéculations, sujets d'entretien familiers à tous les convives et de nature à les intéresser vivement.

M. Rey, l'un des amis de William, laissa échapper quelques félicitations adressées à celui-ci, au sujet de la prospérité croissante de ses affaires.

« Il faut rendre à chacun justice, s'empressa de répondre William ; je dois reconnaître que la plus grande partie de mon succès est due à l'intelligence, à l'activité, au dévouement de mon excellent Dick. »

Celui-ci se rengorgea, fit le modeste et voulut protester, mais seulement pour la forme, comme on put s'en convaincre un instant plus tard.

« Je sais, repartit M. Snow, le troisième ami, combien M. Dick est pour vous un auxiliaire précieux par l'exactitude et l'intelligence qu'il met à faire exécuter vos plans.

Et il faut avouer, ajouta-t-il en souriant, que, malgré votre prétendue inexpérience, ces plans sont conçus avec la sagesse et la prudence d'un vieux négociant.

— Il est vrai, dit le commis, voyant qu'on allait cesser de s'occuper de lui et renonçant à sa modestie affectée, il est vrai que sans moi, sans mon expérience, M. William aurait été fort embarrassé. Il n'entend rien aux affaires, et si, grâce à moi, la maison n'avait continué à être dirigée comme elle l'était du vivant de son très honoré père, une ruine complète aurait pu s'ensuivre.

— Un instant, mon cher, un instant ! s'écria M. Philips; que vous ayez rendu des services réels à notre jeune ami, je n'en disconviens pas; que vous vous soyez montré le plus fidèle, le plus intelligent, le meilleur des commis, que vous ayez été la perle des employés, je ne le nie pas; mais que vous ayez dirigé la maison à cause de l'incapacité de William, voilà, par exemple, une prétention exagérée et que je ne puis laisser passer sans dire mon mot. Vous connaissez aussi bien que nous, quoiqu'il vous soit possible de l'avouer, la promptitude avec laquelle William s'est mis au courant des affaires; il n'était

1*

pas depuis quinze jours à la tête de la maison, que rien ne s'y faisait que par ses ordres. Ne dites pas qu'il n'était au courant de rien; il lui manquait un peu de pratique, voilà tout; mais il avait ce qui ne s'apprend pas, il avait le génie des affaires. Croyez-moi, quel que soit le mérite de celui qui exécute des ordres, il serait incapable, ne fût-ce que pour un jour, d'occuper la place de celui qui donne ces ordres. L'un est la tête, l'autre le bras; la tête sans le bras ne pourrait assurément accomplir ses desseins; mais si le bras n'était guidé par la tête, sa force et son adresse deviendraient inutiles.

— Monsieur Philips alors me fait l'honneur de me considérer comme une machine, un instrument stupide, comme un être entièrement dénué d'intelligence, bon à exécuter les ordres qu'il reçoit, et presque incapable de les comprendre?

— Mais non, mon cher Dick, intervint M. Wilson; tout le monde ici vous rend justice, vous interprétez mal les paroles de M. Philips.

— Ah! oui, je n'ai pas compris, n'est-ce pas? reprit Dick avec amertume; que voulez-vous! j'ai si peu d'intelligence! Ah! je suis bien récompensé de mon dévouement! Moi qui, si je le voulais, pourrais être à la tête d'une maison m'appartenant, j'ai poussé l'abnégation jusqu'à rester chez vous dans une position subalterne, plutôt que de vous causer un double dommage en vous laissant chargé de la direction de votre maison et en vous créant une nouvelle concurrence! Et pour prix de mon sacrifice, je ne recueille que l'insulte et l'ingratitude.

— Voyons, monsieur Dick, vous n'êtes pas raisonnable, dit M. Snow.

— Pas raisonnable! s'écria le vieux commis en devenant cramoisi de colère, pas raisonnable! Oh! vous dites vrai; car, si j'étais raisonnable, je quitterais à l'instant cette maison, et j'irais traiter avec la veuve de M. Selsby, qui est disposée à vendre leur petite fabrique à des conditions avantageuses. J'ai assez de courage et d'expérience pour en faire bientôt une importante maison.

— Y pensez-vous, Dick? fit William d'un ton d'affectueux reproche; pourriez-vous songer à me quitter?

— Vous ne feriez pas une pareille folie, reprit le terrible M. Philips; toutes vos économies y passeraient, et vous seriez bientôt complètement ruiné.

— Mes économies sont bien à moi, je suppose, répondit fièrement Dick d'un air qui prouvait que son exaspération était au comble. Je suis capable de me conduire moi-même, je ne demande de conseils à personne, et c'est en votre présence, Messieurs, que je prie M. William Wilson de vouloir bien accepter ma démission.

— Non, certes, je ne l'accepte pas, répondit William ; vous réfléchirez, Dick. Vous ne voudriez pas me faire du tort en dirigeant une maison rivale de la mienne. »

En disant ces derniers mots, destinés à flatter la vanité du commis, le jeune homme adressa un regard d'intelligence à ses amis. Malheureusement ce regard fut surpris par Dick, dont la fureur ne connut plus de bornes.

« Ah ! c'est ainsi ! s'écria-t-il ; eh bien ! dès demain j'irai m'entendre avec Mme Selsby. Je vous souhaite le bonsoir, Messieurs ! »

En vain essaya-t-on de le retenir, en vain M. Philips, voyant combien William était contrarié, vint-il prier Dick d'oublier ses paroles, le bonhomme ne céda pas.

William espérait que le lendemain l'irascible commis serait plus calme et reviendrait sur sa résolution. Il ne partageait pas l'avis de M. Philips, qui prétendait que si Dick se ruinait, il n'aurait que ce qu'il méritait. William, au contraire, aurait été désolé qu'il arrivât quelque chose de fâcheux à un homme qu'il s'était dès l'enfance habitué à aimer et à respecter. Aussi était-il bien décidé à employer tous les moyens en son pouvoir pour calmer le ressentiment de Dick et obtenir de lui qu'il consentît à ne pas le quitter.

Mais il y avait trop longtemps que celui-ci amassait au fond de son cœur le mécontentement et l'irritation ; à toutes les instances de William il répondit froidement que les pourparlers avec Mme veuve Selsby étaient déjà entamés, que bientôt l'affaire serait conclue, et qu'il serait obligé à son patron de s'occuper de le remplacer promptement.

« Oh ! s'il en est ainsi, répondit William, blessé à son tour, vous pouvez me quitter quand vous le voudrez, Dick ; je ferai en sorte que les affaires n'aient point à souffrir à cause de votre départ ; vous êtes libre. »

Dick fut un peu déconcerté en voyant que la maison ne serait pas complètement désorga-

-nisée lorsqu'il l'aurait quittée. Néanmoins il profita de sa liberté pour presser la conclusion de son traité d'achat, et quelques jours plus tard il prit définitivement congé de William Wilson.

Le bonhomme ne se possédait pas de joie à la pensée qu'il était enfin chez lui; qu'il pourrait tout mener à son gré, et prouver à ses détracteurs que, s'il était le bras qui exécute, il pouvait aussi au besoin être la tête qui dirige. Dick possédait un assez joli capital, qui n'avait pas été entièrement absorbé par l'achat de la fabrique. Il résolut de monter tout de suite sa maison sur un grand pied, et de la poser hardiment comme rivale de la maison Wilson et Cie. Bientôt on parla dans la Cité de l'ancienne maison Selsby (Dick S^r), mais tout le monde fut unanime à blâmer les folles dépenses que faisait le nouveau propriétaire, sans savoir si la recette suffirait à couvrir ses dépenses. L'événement, hélas! ne justifia que trop les prévisions des honorables négociants en général, et de M. Philips en particulier. Dick ne connaissait d'autre maison de commerce que la maison Wilson, où il avait passé sa vie. Dans cette maison, une des plus anciennes et des plus riches de Londres, tout était monté grandement. Dick n'avait donc pas l'idée de ces économies mesquines mais indispensables aux maisons qui commencent les affaires avec un capital relativement des plus modestes. Chez lui, tout se faisait comme chez William Wilson, hormis les recettes ; il en résulta qu'au bout de l'année, l'abandon de tout ce qu'il possédait, et le montant de la vente de l'ancienne maison Selsby (Dick Sr), suffit à peine à couvrir l'excédent des dépenses.

Le pauvre Dick, pâli, maigri, désespéré, s'aperçut, mais trop tard, de la faute qu'il avait commise, et n'eut d'autre ressource que de chercher une maison de commerce où ses talents pussent être de quelque utilité.

Comme M. Snow était, parmi les négociants qu'il connaissait, celui qui lui avait toujours témoigné le plus de bienveillance, ce fut à lui qu'il résolut de s'adresser. M. Snow, le voyant si abattu, si humilié, s'efforça de le consoler de son mieux ; il lui promit de lui chercher un emploi, et l'engagea à revenir le lendemain.

Le lendemain, à l'heure dite, le pauvre Dick, fidèle à ses habitudes d'exactitude, arriva chez M. Snow.

Celui-ci le reçut d'un air riant, mais un peu mystérieux, et, après l'avoir fait asseoir dans son cabinet, il lui dit :

« Je vous ai trouvé un emploi tout à fait analogue à celui que vous remplissiez chez mon ami William Wilson.

— Ah! Monsieur, que de bontés! C'est dans votre maison, sans doute?

— Non, ce n'est pas chez moi. Vos appointements seront les mêmes que chez M. Wilson au moment où vous l'avez quitté.

— Oh! mais c'est trop de bonheur, balbutia Dick, ne sachant s'il veillait. Dites-moi, je vous prie, Monsieur, qui est assez généreux...

— De plus, ajouta Snow, toujours évitant de répondre, votre nouveau patron m'a chargé de vous remettre ce portefeuille, en vous exprimant de sa part le désir que vous oubliiez vos malheurs, et que vous considériez comme un mauvais rêve l'essai qui vous a si mal réussi. »

Dick ouvrit précipitamment le portefeuille, espérant y trouver le mot de l'énigme. Il y trouva en bank-notes une somme égale à celle qu'il possédait avant de traiter avec Mme veuve Selsby, et de plus... la carte de William Wilson.

« C'est lui qui maintenant est votre patron, » dit Snow.

Dick était presque hors d'état de le comprendre; il riait, il pleurait, il serrait les mains de M. Snow.

« Oh! le meilleur des hommes! s'écria-t-il enfin; comment pourrai-je lui faire jamais oublier mes torts envers lui?

— En ne l'accusant pas d'ingratitude, dit Snow avec malice.

— Pardon, ne m'accablez pas, reprit Dick; j'étais fou, je le comprends maintenant, de vouloir diriger les autres quand je ne savais pas me diriger moi-même. Conduisez-moi vers lui, que je lui demande pardon et que je le remercie.

— Et vous ne le quitterez plus? demanda encore Snow en ouvrant la porte pour se rendre avec Dick chez Wilson.

— Il n'y a pas de risque! s'écria Dick, qui, tremblant de joie et d'émotion, fut obligé de s'appuyer sur le bras de son compagnon. Je l'ai appris à mes dépens, et d'une manière bien dure : « Tel brille au second rang qui s'éclipse au premier! »

LA

LIBERTÉ DE JEAN-PIERRE

« J'ai bientôt vingt-deux ans ; je suis fatigué d'avoir à rendre compte de toutes mes actions, de rester dans votre dépendance comme si j'étais encore un enfant. En un mot, je veux être libre, dit un jour Jean-Pierre à son père.

— Sois donc libre, mon garçon, » répondit tranquillement celui-ci.

Le père de cet enthousiaste partisan de la liberté était un brave propriétaire campagnard, point bête. Il connaissait les hommes, et savait que toutes les remontrances qu'il pourrait faire à son fils, l'unique héritier de sa petite fortune, ne lui vaudraient pas les leçons de l'expérience. Le jeune homme n'a-

vait plus de mère ; la vie de famille n'existait
pas pour lui, et le désœuvrement le dispo-
sait à subir l'influence de lectures plus ou
moins bien choisies et de quelques camarades aussi peu expérimentés que lui.

Jean-Pierre avait lu et entendu répéter
tant de belles choses sur la liberté, à laquelle
tout homme a des droits incontestables, qu'il
en était venu à considérer l'existence qu'il
menait comme un esclavage odieux, et la
riante habitation de son père comme la plus
insupportable des prisons. Aussi, après avoir
hésité pendant assez longtemps, s'était-il
décidé à prendre un grand parti et à faire à
son père la déclaration qu'on vient de lire,
déclaration à laquelle le père, sans s'émou-
voir autant qu'une chose si grave paraissait
le mériter, avait répondu :

« Sois donc libre, mon garçon. »

Puis, comme c'était un homme pratique
et de bon sens, après avoir ainsi donné son
acquiescement au désir de monsieur son fils,
il avait ajouté :

« Seulement tu comprends bien qu'en te
donnant ta liberté, je n'entends pas aliéner la
mienne. Je te dégage dès aujourd'hui de tous
devoirs envers moi, et je renonce à tous mes

droits sur toi. Mais, comme en ce monde les droits et les devoirs sont réciproques, il en résulte que, de mon côté, je n'ai plus aucun devoir à remplir envers toi, et que tu n'as plus le droit de rien me demander. Je te donnerai ce qui te revient de la fortune de ta mère; ce n'est pas grand'chose, mais tu seras libre d'en disposer comme il te plaira. Tu iras où tu voudras et quand tu le voudras, tu recevras qui bon te semblera; mais comme je tiens aussi à ma liberté et que ta manière de vivre pourrait me gêner, tu verras à te loger ailleurs que chez moi. D'ailleurs, puisque tu es libre et que je n'ai pas de droit sur toi, tu n'as pas non plus le droit d'exiger que je continue à te loger et à te nourrir comme je l'ai fait jusqu'à présent. »

Exiger?... Ah! vraiment, Jean-Pierre n'avait pas la moindre envie de rien exiger de pareil! Il était ivre de joie à la pensée de se sentir libre et possesseur d'une petite fortune. Oui certes, il quitterait la maison paternelle! A-t-on jamais vu un oiseau rester dans sa cage lorsque la porte en est ouverte? Il irait à Paris, la ville de ses rêves, et il jouirait enfin de cette liberté que depuis si longtemps il désirait avec ardeur!

Malheureusement Jean-Pierre, habitué à la vie des riches cultivateurs, n'entendait absolument rien à l'économie indispensable pour vivre honorablement à Paris quand on n'a pas une grande fortune. Il fit des dettes, entama largement son capital, et, ne voulant pas s'exposer à un refus presque certain en ayant recours à son père, il dut s'estimer trop heureux d'obtenir une place modeste, mais qui du moins lui assura le pain quotidien.

Obligé d'être à son bureau dès neuf heures du matin, travaillant jusqu'à cinq heures du soir, se refusant presque toutes distractions, parce que la plupart des distractions sont coûteuses, et que sa bourse était souvent vide; évitant de passer dans certaines rues, de crainte d'y rencontrer des créanciers importuns, Jean-Pierre se demandait parfois où était cette liberté qu'il avait ambitionnée. Il était bien forcé de convenir que dans la maison de son père, où il se trouvait si malheureux, il était cependant plus libre qu'à Paris, où l'avait amené le désir d'être son maître.

Mais on se résigne difficilement à avouer ses torts. Jean-Pierre, au lieu de reconnaître franchement qu'il s'était trompé, s'irritait contre tous ceux qui, croyait-il, jouissaient de plus de liberté que lui. C'est ainsi que, cédant aux conseils de quelques mauvaises têtes, il prit part à des révoltes contre ses patrons, et, après avoir été renvoyé de plusieurs maisons, finit par se trouver sans place et sans ressources.

Le père ne refusait pas de le recevoir ; seulement il exigeait que son fils, s'il rentrait chez lui, se conformât aux usages de la maison et ne prétendît pas obliger tout le monde à se plier à ses exigences ; car, il faut bien l'avouer, Jean-Pierre, qui tenait tant à la liberté pour lui-même, ne se faisait pas le moindre scrupule de porter atteinte à la liberté des autres.

Il repoussa les offres de son père avec une indignation digne d'une meilleure cause ; et, peu de jours après ce refus, le propriétaire de la maison où il demeurait le mit à la porte, parce que, non content d'être en retard de plusieurs termes, il trouvait fort injuste qu'on les lui réclamât.

Alors Jean-Pierre, furieux d'être obligé de chercher un abri chez des amis complaisants, déclara une guerre à outrance aux propriétaires en général et à celui qui l'avait chassé en particulier. Il le menaça de vive voix et par écrit; il l'insulta plusieurs fois en le rencontrant dans la rue; enfin il fit tant et si bien, que celui-ci, effrayé autant qu'indigné, porta plainte devant les tribunaux et que Jean-Pierre fut condamné à une amende et à deux mois de prison. C'était cruel pour un amateur de liberté.

Pendant qu'il était en prison, son père vint à mourir, et Jean-Pierre, au moment de sa mise en liberté, entra en possession d'un héritage assez considérahle.

Pour le coup il allait être enfin son maître, être libre! Quoiqu'il fût sincèrement affligé de la perte de son père, cette pensée cependant, et en dépit de lui-même, apportait quelque soulagement à sa douleur.

Son héritage consistait surtout en terres, dont son père avait toujours surveillé la culture. Jean-Pierre voulut suivre l'exemple paternel. Mais il lui semblait fort dur, payant des ouvriers pour faire le travail, d'être obligé de se lever dès l'aube et de passer une grande partie de la journée aux champs, tout comme si, disait-il, il n'eût pas été le maître et seigneur du bien, mais un simple mercenaire.

Voulant être libre, c'est-à-dire ne s'imposer aucune gêne, aucune contrainte, il se contenta de donner ses ordres sans prendre la peine de veiller à ce qu'ils fussent exécutés. Ils ne le furent pas, ou le furent mal, et Jean-Pierre, mécontent, gourmanda si rudement les ouvriers, que ceux-ci le quittèrent pour aller porter leurs services ailleurs, laissant sa besogne en train.

Il s'en inquiéta peu d'abord, persuadé que si ceux-là prétendaient l'empêcher d'agir comme bon lui semblait, il en trouverait bien d'autres plus raisonnables.

Mais les mécontents avaient déjà fait sa réputation dans le pays. Il ne put trouver personne pour les remplacer, et la récolte de l'année fut complètement perdue pour lui.

Découragé par cet essai malheureux, il vendit son bien, plaça l'argent et résolut de vivre de ses rentes. Pour inaugurer dignement ce nouveau genre d'existence, il entreprit de parcourir l'Europe et d'étudier les différents peuples, afin d'apprendre dans quel pays et dans quelle position sociale il était possible de jouir d'une liberté absolue, telle que Jean-Pierre l'avait toujours rêvée sans jamais la rencontrer.

En wagon, notre héros fut pris d'un violent mal de dents qui l'obligea de fermer toutes les fenêtres pour se garantir de l'air frais du soir.

Il était seul dans le compartiment; mais à peine commençait-il à se féliciter de cette sage précaution en sentant la douleur se calmer, qu'un Anglais, embarrassé d'une quantité de valises, sacs de nuit, parapluies, couvertures de voyage, etc., monta auprès de lui.

Le premier soin du nouveau venu, dès que le train eut repris sa course, fut d'ouvrir les fenêtres de son côté.

« Monsieur, s'écria Jean-Pierre, veuillez, je vous prie, ne point ouvrir cette fenêtre, que je viens de fermer parce que l'air me fait mal!

— Aoh! fit l'étranger avec un flegme imperturbable, ce fenêtre il être pas vôtre. Vous hêtes libre de fermer le fenêtre de votre côté, si vo volez. »

Libre! mais Jean-Pierre n'entendait pas que la liberté des autres vînt poser des limites à sa propre liberté. Il essaya de le faire comprendre à l'Anglais, et ne put en obtenir d'autre réponse que celle-ci :

« Ce fenêtre il est mien, je souis libre de le ouvrir; je vous demande pas de ouvrir le vôtre. Laissez-moâ tranquille, vous ennouiyez moâ. »

Sur ces entrefaites, un troisième voyageur entra dans le wagon. Il s'assit en face de l'Anglais, ferma la fenêtre placée à côté de lui et releva à moitié la glace de la portière sans que son vis-à-vis élevât la moindre objection.

« Vous avez de la chance, grommela Jean-Pierre; monsieur a tenu jusqu'ici à laisser tout ce côté ouvert.

— Ce être mon droit, fit l'Anglais d'un ton rogue.

— Assurément, reprit le nouveau venu. Quand vous n'étiez que deux, chacun de vous avait droit à la moitié du wagon. Je me place vis-à-vis de monsieur, j'ai droit à la moitié de la fenêtre.

— C'est cela! liberté pour tous, affirma l'étranger.

— Le temps se rafraîchit singulièrement, remarqua son vis-à-vis. Est-ce que vous tenez beaucoup à ce que cette fenêtre reste ouverte?

— Bôcoup! »

Jean-Pierre suivait cette scène avec intérêt. Il vit le dernier voyageur réfléchir un instant, puis, se levant soudain, débarrasser le filet placé au-dessus de sa tête des bagages appartenant à l'Anglais, et les déposer sur la banquette où celui-ci s'était confortablement étendu pour dormir.

« Aoh! que faisez-vous? demanda vivement l'étranger.

— Vous avez droit seulement à un tiers du wagon, répondit l'autre; je suis libre d'ôter les bagages que vous avez mis dans le tiers du filet qui m'appartient.

— C'est juste! Mais, ajouta l'Anglais en souriant, le bagage ne gênait pas vous; c'être pour le fenêtre, eh?

— Vous avez deviné. Fermez la fenêtre, et je vous permets de mettre vos bagages au-dessus de ma tête. »

L'Anglais fit un signe affirmatif, et, après avoir fermé la fenêtre, il se mit en devoir de replacer les bagages dans le filet, ce à quoi son voisin l'aida complaisamment.

Quant à Jean-Pierre, il comprit ce jour-là

que la liberté absolue, ne pouvant s'exercer qu'aux dépens de celle des autres, devait être une chimère, et que l'homme le plus réellement libre était probablement celui qui savait le mieux repecter la liberté d'autrui.

IL NE FAUT PAS JOUER

AVEC LE FEU

Vers le milieu du xviiie siècle vivait à Marseille un personnage dont les allures étranges inquiétaient fort ses voisins. Le mystère dont il s'entourait, l'isolement où il restait avec sa fille, la brune Hedwige, et surtout les occupations bizarres auxquelles il se livrait, lui attiraient plus de respect craintif que de véritable considération.

En un mot, maître Mathéus passait pour sorcier.

La petite maison qu'il habitait dans un des faubourgs de la ville était restée longtemps vacante, parce que le bruit courait qu'il y revenait des esprits. Puis un beau matin on l'avait vue occupée par maître Mathéus, sa fille et une vieille femme sourde-muette qui les servait.

D'après le costume des deux femmes et l'accent de Mathéus, on les supposait Hongrois. La jeune fille ne sortait jamais pour se promener. Un assez grand jardin attenant à la maison, et qu'elle prenait plaisir à cultiver avec l'aide de la vieille sourde-muette, lui servait à la fois de distraction et de lieu de promenade.

Cependant quelques commères, habituellement bien informées, prétendaient reconnaître Hedwige dans une femme soigneusement enveloppée de l'ample mante sombre des Méridionales, et qui, placée dans l'angle le plus obscur d'une chapelle, assistait souvent à la première messe de l'église voisine.

Mais, je vous le demande, était-il vraisemblable que la fille d'un sorcier assistât pieusement à la célébration du divin sacrifice?

Or maître Mathéus, loin de paraître regretter la réputation qu'on lui faisait, semblait, au contraire, prendre à tâche d'exciter la curiosité et d'inspirer la terreur aux gens crédules.

En haut de sa maison se trouvait un belvédère, grande pièce éclairée par quatre larges fenêtres placées aux quatre points cardinaux. Plus d'une fois pendant les nuits d'orage on avait aperçu, à la lueur sinistre des éclairs, maître Mathéus faisant devant une fenêtre ouverte des gestes bizarres, qui, au dire des connaisseurs, ressemblaient à des évocations. En tout temps une lampe brûlait dans cette mystérieuse retraite, et souvent, prétendait-on, à la clarté de cette lampe se joignait un reflet rougeâtre qui semblait produit par un brasier incandescent.

Que se passait-il donc chez maître Mathéus ?

On ne pouvait guère hasarder que des conjectures ; mais, nous devons l'avouer, elles étaient peu favorables à l'étranger.

Quoique la porte principale de cette maison ne s'ouvrît jamais pour livrer passage à un visiteur, bon nombre de personnes cependant avaient pénétré dans la demeure de Mathéus et auraient pu renseigner les curieux. Mais celles-là justement se montraient plus réservées. Quand on paraissait les croire bien informées, elles affirmaient avec un empressement mêlé d'une sorte de terreur qu'elles ne connaissaient pas Mathéus, et qu'elles ne trouvaient rien d'extraordinaire dans sa manière d'être.

En revanche, ceux qui ne savaient rien

débitaient à propos du prétendu sorcier les contes les plus absurdes.

A vrai dire, les gens admis chez Mathéus avaient d'ordinaire à le consulter sur des affaires graves ; de ces affaires qu'on n'aime pas à divulguer, qu'on voudrait quelquefois cacher à sa propre conscience, parce que la conscience a cette coutume gênante de dire son avis sur toutes nos actions, sans même attendre que nous prenions la peine de le lui demander. On comprend donc la réserve des visiteurs de Mathéus, qui devaient, avant de paraître devant lui, remplir certaines formalités sans lesquelles la petite porte du jardin, donnant sur une ruelle déserte, restait hermétiquement close.

Voici comment ce cérémonial bizarre avait été mis en usage.

Peu de temps après l'arrivée de Mathéus, un curieux avait remarqué un soir un homme qui, mystérieusement enveloppé dans un ample manteau, examinait avec affectation la demeure de l'étranger, puis se dirigeait vers la porte de la ruelle en tirant des tablettes de sa poche.

Le curieux, intrigué par ce manège, l'avait suivi en dissimulant avec soin sa présence.

Il l'avait vu s'arrêter devant la petite porte, faire jaillir d'un objet qu'il tenait à la main, et qui n'était autre qu'une bouteille de phosphore, une flamme brillante, puis il l'avait

Maître Mathéus passait pour sorcier.

entendu lire à haute voix ces mots tracés sur les tablettes :

Du savant Mathéus pour consulter l'oracle,
Humblement cette nuit à minuit je viendrai.
Je sais que son pouvoir ne connaît pas d'obstacle,
Et, quoi qu'il me commande, à lui j'obéirai.

« C'est bien la formule, » murmura l'étranger, qui, détachant le feuillet sur lequel ces paroles étaient inscrites, le glissa par une étroite ouverture pratiquée dans la porte, et que le curieux qui le guettait n'avait point aperçue.

Ce dernier ne manqua pas de revenir à minuit.

L'inconnu aussi fut exact au rendez-vous. Il frappa trois coups régulièrement espacés ; la porte s'ouvrit sans bruit et se referma sur lui, et ce fut tout.

Mais l'observateur avait retenu la formule. Le lendemain, non sans trembler, il en essayait le pouvoir. A minuit la petite porte s'ouvrit pour lui comme elle s'était ouverte pour l'étranger ; bientôt d'autres audacieux suivirent son exemple, et Mathéus acquit peu à peu la réputation de sorcier dont il jouissait au moment où commence notre histoire.

Il y avait alors plusieurs années que Mathéus habitait Marseille. Le vaste jardin avait revêtu sa parure d'automne, dernier effort de la végétation avant de s'engourdir jusqu'à la saison prochaine. Rien, dans cette retraite paisible, ne parlait à l'esprit

de sorcellerie ni de mystères diaboliques.
On se serait cru chez un bon commerçant
retiré des affaires, et jouissant bourgeoise-
ment du repos auquel le labeur de sa jeu-
nesse lui avait donné droit.

Hedwige, simplement vêtue d'une longue
robe de laine blanche, bien différente du costume hongrois sous lequel on la voyait de
temps en temps apparaître à une fenêtre du
premier étage, errait dans les allées, cueil-
lant les fleurs épargnées par les premiers
froids de la saison. Mathéus, assis sous une
tonnelle encore couverte des feuilles rouges
de la vigne vierge, suivait du regard avec
un sourire de bonheur tous les mouvements
de la jeune fille. A quelques pas, la servante
sourde-muette s'occupait de travaux d'ai-
guille.

« Ainsi tu es heureuse, complètement
heureuse? dit en langue hongroise Mathéus,
continuant avec sa fille un entretien com-
mencé.

— Oui, bien heureuse, répliqua l'enfant
avec une expression qui fit rayonner de joie
la physionomie de son père. Il est seulement
dommage que...

— Que quoi? demanda Mathéus.

—Vous m'avez défendu de parler de cela, »
murmura la jeune fille.

Le visage du père se rembrunit :

« Tu songes encore à tes scrupules, à tes
ridicules préjugés? fit-il d'un air mécontent.
Je t'avais défendu de m'en parler, parce que
j'espérais que tu oublierais ces enfantillages.
Mais, puisque tu n'as pas cessé d'y penser,
il vaut mieux que je tâche de te faire entendre
raison. En quoi ma conduite est-elle coupable? Si les gens sont assez niais pour me
croire sorcier, est-ce un crime à moi de pro-
fiter de leur crédulité pour obtenir d'eux
l'argent qu'ils ont de trop, et qu'ils ne me
donneraient certes pas si je le leur deman-
dais?

— Père, s'ils vous croient sorcier, c'est
que vous leur avez donné cette opinion, fit
doucement Hedwige. Depuis le jour où vous
avez remis à un homme, qui se disait votre
camarade d'enfance, une forte somme pour
qu'il vous fît considérer comme sorcier,
je n'ai pas eu un instant de calme. Il me
semble parfois que cet homme était votre
mauvais ange, et qu'en cédant à ses conseils vous vous êtes peut-être exposé à un
grand danger.

« — Auquel? demanda Mathéus, haussant les épaules avec impatience.

— Père chéri, ne vous fâchez pas, reprit l'enfant d'un ton suppliant. Malgré votre défense, je me suis souvent cachée près du pavillon où vous recevez la nuit ceux qui viennent vous consulter. En vous entendant parler comme si vous étiez en relations avec des puissances surnaturelles, je me suis demandé bien des fois si, à force de simuler ainsi l'intervention des malins esprits, vous ne les attiriez pas en effet autour de vous... et... j'ai peur !

— Peur de moi !

— Peur pour vous, mon père ! » répondit la jeune fille avec une solennité qui fit tressaillir Mathéus.

Il éclata d'un rire forcé, et reprit :

« Ne crains rien, mignonne. Le bon Dieu lit dans les âmes ; il voit nos intentions ; il me pardonnera une supercherie qui, au surplus, n'a jamais nui à personne. Si tu as écouté ce qui se disait dans le pavillon, tu sais que, loin d'entraîner personne à commettre de mauvaises actions, je profite souvent de mon influence pour mettre à néant des projets coupables. Quant aux sommes reçues en échange de prédictions que j'ai soin de faire assez ambiguës pour n'être pas pris en flagrant délit d'erreur, les gens assez fous pour me les donner en feraient peut-être, si je les leur laissais, un usage encore plus mauvais. D'ailleurs, que deviendrions-nous sans ce métier qui t'effraye? Je n'ai pas de fortune, je ne sais pas travailler, et je ne veux pas que mon Hedwige souffre de la misère. »

Ceci fut dit avec un tel accent de tendresse, que la jeune fille, émue, n'osa continuer la discussion. Pourtant elle n'était pas convaincue, et elle murmura en secouant tristement la tête :

« Il est toujours imprudent de jouer avec le feu. Laisser croire qu'on possède une puissance surnaturelle, c'est, j'en ai bien peur, s'exposer à de grands périls.

— Bah! tu es une enfant, dit Mathéus, affectant la gaieté. Ne crains rien, mignonne; le diable me sait trop honnête homme pour se mêler de mes affaires.

— Père, reprit Hedwige en hésitant, je voudrais vous demander une grâce.

— Laquelle?

— Cette nuit je vous ai entendu affirmer à un marin que vous avez trouvé le secret de faire de l'or, et il vous a promis une forte somme en échange de ce secret.

— Tu es bien informée. Le nigaud n'a pas compris que, si je connaissais un tel secret, je n'aurais nul besoin de la somme qu'il me promet. Ne mérite-t-il pas une punition pour sa sottise et son avidité? Je lui remettrai un parchemin scellé, qu'il jurera de ne pas ouvrir avant de toucher la terre étrangère, et en échange il me donnera une bourse bien garnie, qui nous assurera plusieurs années d'existence paisible.

—Voilà justement ce que je redoutais, dit vivement Hedwige. Je vous en supplie, refusez de recevoir cet homme ; j'ai le pressentiment qu'il vous sera fatal. Le ton ironique dont il vous parlait me fait craindre qu'au lieu d'être votre dupe, il n'ait l'intention de vous tendre un piège. Je vous en conjure, promettez-moi que vous ne le recevrez pas.

— Assez de bavardages ! fit brusquement Mathéus. Occupe-toi de tes fleurs, ma mignonne, et laisse-moi me diriger comme bon me semble. »

Il rentra dans la maison, évitant de regarder Hedwige, qui pleurait.

La nuit suivante, vers onze heures et

demie, plusieurs individus se glissèrent furtivement dans la ruelle où se trouvait la
porte du jardin, et se cachèrent à peu de distance.

A minuit un nouveau personnage parut et
dit à voix basse :

« Tout le monde est-il là?

— Oui, capitaine, » répondirent plusieurs
voix avec la même précaution.

Celui qui avait parlé le premier frappa à
la porte trois coups régulièrement espacés.

Elle s'ouvrit sans que personne parût.
L'homme qu'on avait appelé capitaine sentit
qu'on lui bandait les yeux, puis une main
prit la sienne pour le guider vers le pavillon,
où tout paraissait plongé dans une complète
obscurité.

Lorsqu'il eut franchi le seuil de ce pavillon, la main l'abandonna. Au bout d'un
instant une nouvelle porte s'ouvrit en face
de lui, et dans une pièce très éclairée il vit
maître Mathéus, revêtu d'une longue robe
noire, bordée de fourrures, la tête couverte
d'un bonnet de forme bizarre, occupé à tracer des cercles et des triangles devant une
table dont le tapis noir, orné de broderies
blanches, représentait des têtes de mort.

Le capitaine s'avança jusqu'auprès de la table, et dit d'un ton railleur :

« Salut au savant Mathéus, à l'astre de science qui daigne éclairer de ses rayons l'intelligence bornée des faibles mortels.

— Salut ! fit Mathéus ; j'ai consulté les astres pour apprendre si tu devais espérer la réussite de ton entreprise.

— Et qu'ont répondu les fidèles serviteurs de l'illustrissime Mathéus ?

— Ils ont répondu, fit le savant en regardant fixement son interlocuteur, que tu médites une trahison, et que cette trahison te portera malheur.

— Une trahison ! moi ? Laquelle ? s'écria le capitaine, qui ne put réprimer un léger tressaillement.

— C'est à toi de répondre. Quant à moi, j'ai accompli ma promesse. Le parchemin est là. Où est la somme que tu devais apporter ?

— Ici près, dans la ruelle, confié à la garde d'un homme sûr.

— Tu as trahi ton serment, tu n'auras pas le parchemin, fit durement Mathéus. Tu avais juré de ne confier ce secret à personne.

— Aussi ne l'ai-je pas confié. La somme est en or, et je ne pouvais l'apporter seul.

L'homme qui m'a accompagné est un des nègres que nous avons à bord. Il m'est tout dévoué ainsi que ses compagnons, parce que, après les avoir sauvés lors du naufrage du vaisseau négrier qui les portait, je leur ai annoncé qu'en touchant la terre de France ils deviendraient libres. Ce n'est pas un homme puissant comme le célèbre Mathéus qui peut redouter un pauvre nègre si stupide, qu'il ignore même la valeur du dépôt confié à ses soins. »

Mathéus crut entendre une toux légère derrière les rideaux épais qui couvraient la fenêtre, et il reprit :

« Tu n'en as pas moins manqué à nos conventions, tu n'auras pas le parchemin. Tu pouvais convertir la somme en papier et l'apporter toi-même ; si tu ne l'as pas fait, c'est que tu veux me trahir. L'esprit familier qui m'est soumis vient encore de me le répéter. Hâte-toi de sortir de ma présence, si tu veux éviter les terribles effets de mon courroux, et ne reparais pas devant moi avant d'avoir renoncé à tes coupables projets. On ne trompe pas maître Mathéus ! »

En parlant ainsi, le prétendu sorcier s'était levé, et, le bras étendu, s'avançait menaçant vers le capitaine, qui, véritablement troublé, reculait lentement.

Lorsque ce dernier eut franchi le seuil de la porte, elle se referma soudain, et le marin se trouva dans l'obscurité. Bientôt après un bandeau fut placé sur ses yeux, et la main qui l'avait amené le saisit de nouveau pour le reconduire jusqu'à la porte extérieure.

Il n'opposa aucune résistance. Mais lorsque, la porte étant ouverte, son guide mystérieux parut sur le point de l'abandonner, il le saisit à son tour de sa main restée libre et dit à demi-voix ces seuls mots : « À moi, camarades ! »

Aussitôt des hommes placés en embuscade s'approchèrent ; l'un d'eux démasqua une lanterne dont la lueur éclaira le pâle visage de Mathéus lui-même, qui jouait à la fois le rôle d'introducteur et celui de sorcier, et tandis que les marins tenaient le pauvre savant en respect, le capitaine arracha le bandeau qui couvrait ses yeux.

« Ah ! ah ! c'est vous, très puissant Mathéus ! dit-il en ricanant. Cela se trouve au mieux ; nous n'aurons pas la peine de rentrer vous chercher, comme j'en avais l'intention. Vous allez nous accompagner, et loin des esprits familiers qui vous renseignent si bien nous causerons plus à l'aise.

— Que voulez-vous de moi? demanda Mathéus, s'efforçant de paraître calme.

— Je veux ce que je vous ai déjà demandé : votre secret. L'esprit qui vous est soumis aurait dû vous avertir que j'avais deviné votre trahison. L'équipage de l'*Ondine* et son capitaine ne se laissent pas si facilement duper. Mais ce n'est pas ici le lieu de discuter, suivez-nous, et nous vous expliquerons ce que nous voulons.

— Jamais ! » dit Mathéus faisant un effort pour repousser les marins qui s'étaient emparés de lui.

Il avait à peine prononcé ce mot que, sur un signe du capitaine, il fut renversé et bâillonné. Ses yeux furent couverts du bandeau que lui-même, quelques instants plus tôt, avait mis à son hôte, et il se sentit enlevé par quatre robustes porteurs qui s'éloignèrent rapidement, comme si leur fardeau n'eût rien pesé.

Quand les hommes avaient terrassé le sorcier, un cri déchirant s'était fait entendre dans le jardin; mais personne n'y avait fait attention. Ce cri ne se renouvela pas; seule-

Les matelots se rassemblaient dans cette auberge.

2*

ment une forme svelte et légère sortit de la maison au moment où les ravisseurs de Mathéus s'éloignèrent.

Hedwige, redoutant un danger pour son père, s'était tenue prête à intervenir. Sous la mante qui l'enveloppait elle portait le costume hongrois, pittoresque et un peu théâtral, que Mathéus lui faisait revêtir lorsqu'il voulait qu'elle parût à la fenêtre. Ce costume, qui laissait à la jeune fille la liberté de ses mouvements, pouvait, pensait-elle, lui servir, en attirant par son étrangeté l'attention des gens qui en voulaient à Mathéus.

Le cœur serré par une angoisse indicible, elle s'efforçait de ne pas perdre la trace du capitaine et de ses compagnons, et tremblait pour la vie de son père chaque fois que ceux-ci s'arrêtaient pour reprendre haleine.

Enfin le capitaine fit halte devant un de ces établissements demi-auberges demi-cabarets où les matelots se rassemblent, où l'on boit, on fume, on se dispute, et où trop souvent les querelles se terminent par des rixes sanglantes.

L'équipage de l'*Ondine* attendait là le retour de son capitaine, et il était facile de deviner, d'après les physionomies, que le temps avait été employé à boire.

Cet équipage, y compris l'individu qu'on appelait capitaine, était composé d'aventuriers, gens sans foi ni loi, ayant fait tous les métiers, voire même à l'occasion celui de pirates.

« Mettez là cet homme, et toi, Domingo, débarrasse-le de son bâillon, » ordonna le capitaine.

Mathéus, presque suffoqué, commença par respirer longuement. Il avait réfléchi pendant le trajet. Convaincu que le marin dont il avait espéré faire sa dupe ne croyait pas plus que lui à l'existence du prétendu secret, il avait pris la résolution d'avouer franchement la vérité, et de suivre désormais le conseil d'Hedwige, en renonçant à faire croire qu'il possédait une science surnaturelle.

« Maintenant causons ! dit le capitaine, tandis que les assistants faisaient silence. Vous avez donc voulu me tromper, savant Mathéus ! Fi ! tromper un brave garçon qui y va bon jeu bon argent, ce n'est pas honnête.

— En quoi vous ai-je trompé? demanda le Hongrois. Vous ignorez ce que contient le parchemin; vous ne m'avez pas donné la somme promise, vous m'avez maltraité. Qui est dupe, si ce n'est moi? Je pourrais me venger, mais j'ai pitié de vous.

— Vous pourriez vous venger? Peut-être, si vous étiez dans votre laboratoire, entouré de vos instruments diaboliques, reprit le capitaine. Mais, loin de tout votre attirail, ne pouvant appeler les esprits qui vous servent, il faudra bien que vous cédiez à nos volontés. Vous allez donc nous révéler votre secret, et nous en ferons l'essai immédiatement, afin de pouvoir nous venger, s'il vous prenait encore fantaisie de nous tromper. »

Mathéus regarda son interlocuteur avec stupéfaction. Il avait cru que le capitaine n'était pas dupe de sa prétendue science, et il reconnaissait avec un véritable effroi que l'incrédulité du marin et de ses gens avait seulement pour objet le contenu du parchemin. S'ils doutaient de la bonne volonté de Mathéus à partager avec eux ses trésors, tous en revanche croyaient fermement, aveuglément, obstinément, à son pouvoir extraordinaire.

Ceci rendait la position du malheureux des plus périlleuses, car il ne pouvait plus espérer faire entendre raison aux marins. On avait cru aisément à tous ses mensonges ; mais la vérité était maintenant la seule chose qu'il ne pût compter voir accueillie par ces esprits prévenus, par ces hommes que la cupidité, l'ignorance et la superstition rendaient féroces.

Il essaya de leur donner quelques explications. On l'écouta d'abord, croyant qu'il allait révéler son secret. Puis, quand on vit qu'il n'en était rien, la colère s'empara de l'assemblée ; on se mit à injurier le pauvre Mathéus, à le menacer, et quelques-uns des plus turbulents allèrent jusqu'à le maltraiter.

Pendant ce temps Hedwige était arrivée devant la taverne où l'on avait conduit son père, et, après une courte hésitation, elle avait frappé à la porte.

Une femme qui vint ouvrir lui demanda, avec un fort accent méridional, ce qu'elle voulait.

« Je suis étrangère, répondit la jeune fille ; je n'ai pas d'abri, pouvez-vous me donner un gîte pour cette nuit ?

— Je connais cette voix ! s'écria la femme, élevant une chandelle fumante pour examiner le pâle visage d'Hedwige. Eh ! c'est l'ange de bon secours qui, l'an passé, me sauva du désespoir en me donnant sa bourse quand je criais miséricorde devant l'image de la Madone, parce que le propriétaire de cette maison allait tout vendre chez moi.

— En effet, je crois vous reconnaître, dit Hedwige. Eh bien ! si je vous ai obligée, vous pouvez me le rendre au centuple.

— Ma maison, tout ici est à votre service, s'empressa de répondre la brave femme. Entrez vite ! Pas par là, il y a des marins. J'ai peur, objecta-t-elle plus bas, qu'ils ne soient en train de faire une vilaine besogne.

— Que voulez-vous dire ? demanda la jeune fille frémissante

— Je vous le conterai plus tard, fit l'aubergiste, introduisant Hedwige dans sa propre chambre, d'où l'on entendait les vociférations des marins et la voix suppliante de Mathéus.

— Mais c'est mon père qu'ils assassinent ! s'écria la malheureuse enfant, repoussant l'hôtesse pour s'élancer dans la grande salle.

— Votre père ? Ah ! pauvre ! Mais n'allez pas par là, vous ne feriez que nuire à ce pauvre homme. Je me charge de tout. »

Moitié de force, moitié par ses supplications, elle décida Hedwige à l'attendre un peu.

Alors elle ouvrit la porte en criant à tue-tête :

« Eh! les enfants! on ne boit donc plus ici?

— Le secret! le secret! vociféraient les tourmenteurs du pauvre Mathéus, qui, debout contre la muraille, s'attendait à chaque instant à être mis en pièces.

— Voyons, femme! dit le capitaine, indique-nous le moyen d'obliger cet homme à parler.

— La torture! la torture! crièrent quelques voix avinées.

— Eh non! dit tranquillement l'hôtesse. Vous êtes gens d'esprit, vous trouverez un meilleur moyen. Seulement il faut un fameux punch pour éclaircir vos idées, et je suis en train de vous le préparer.

— Bravo, la vieille! Apporte le punch; nous déciderons ensuite ce qu'il faut faire du sorcier. »

C'était du moins une trêve.

L'hôtesse, ayant affirmé à Hedwige que son père n'avait pour le moment rien à craindre, cette dernière, un peu rassurée, suivit des yeux avec intérêt la préparation du punch, dans lequel la femme versa le contenu d'une petite fiole pleine d'un liquide d'un brun jaunâtre.

« Ne craignez rien, fit l'aubergiste, voyant la physionomie d'Hedwige exprimer l'effroi; ceci est inoffensif. La fiole m'a été laissée par un jongleur. Il mêlait cette drogue à la nourriture des serpents qu'il prétendait charmer, et ne commençait ses tours que lorsqu'ils étaient engourdis. Pourtant il est mort de la piqûre d'un reptile qui n'était pas tout à fait engourdi.

— Il ne faut pas jouer avec le feu! » murmura involontairement Hedwige.

En voyant arriver un copieux bol de punch exhalant un parfum d'alcool suffisant pour troubler la raison, l'équipage de l'*Ondine* poussa des clameurs de bienvenue, et le prisonnier fut momentanément oublié.

Mais après le punch les matelots, encore plus ivres, revinrent à leur victime.

« Le secret! criaient-ils, le secret ou la torture! le secret ou la mort! »

Cette menace, tant de fois répétée, allait sans doute être suivie d'effet.

Déjà vingt bras étaient levés pour frapper

Mathéus, dont une pâleur livide trahissait l'angoisse, et qui recommandait son âme à Dieu, lui demandant pardon de ses fautes et le suppliant d'avoir pitié d'Hedwige.

Tout à coup les bourreaux s'arrêtèrent... Les bras menaçants tombèrent inertes, les muscles des visages se détendirent. Enfin, après avoir vainement essayé de lutter contre l'engourdissement qui s'emparait d'eux, ces hommes, si animés un instant auparavant, s'affaissèrent, et tombèrent dans un pêle-mêle hideux, terrassés par un sommeil invincible.

Mathéus contemplait avec une stupeur mêlée d'épouvante ce spectacle inattendu.

Il ne savait s'il devait croire à un miracle de la divine miséricorde ou à l'intervention de l'esprit de ténèbres, dont il avait avec une si coupable imprudence feint d'être le confident.

Hedwige le tira de cette incertitude. S'élançant au cou de son père, elle s'écria, en jetant un regard de terreur et de dégoût sur l'équipage endormi :

« Fuyons bien vite ! Ne restons pas ici un instant de plus !

— Vous avez le temps, dit tranquillement

la maîtresse du logis. Ils ne s'éveilleront que dans trois ou quatre heures. »

En peu de mots on mit Mathéus au courant de ce qui s'était passé. Il pouvait à peine croire au témoignage de ses yeux, qui lui montraient ses bourreaux hors d'état de lui nuire.

« Ta charité, qui est venue en aide à cette pauvre femme, a été le bon ange auquel j'ai dû mon salut, dit-il à Hedwige. La charité ! voilà, je le comprends maintenant, le seul pouvoir surnaturel dont la Providence nous permette de disposer. Mais ce pouvoir est bien grand, car il nous fait obtenir du Seigneur lui-même une protection toute spéciale ; nous venons d'en avoir la preuve. »

Mathéus et sa fille se hâtèrent de retourner chez eux prendre ce qu'ils avaient de plus précieux, afin de se mettre dès l'aube en route pour Paris avec la vieille sourde-muette. Il était, en effet, plus prudent de laisser à la fureur des marins le temps de s'apaiser. L'aubergiste promit qu'elle tiendrait Mathéus et Hedwige au courant de ce qui se passerait après leur départ. Elle affirmait n'avoir personnellement rien à craindre, puisque les matelots, ne lui ayant pas donné leur prisonnier à garder, ne pouvaient la rendre responsable de son évasion.

Tout réussit à merveille, et les fugitifs atteignirent Paris sans encombre. Quant à l'équipage de l'*Ondine,* la nécessité où il fut de reprendre la mer ne lui laissa guère le temps de chercher Mathéus. Matelots et capitaine durent s'éloigner avec le regret d'avoir laissé échapper cette belle occasion d'apprendre à gagner de l'or.

Mathéus, renonçant à jamais à son coupable métier, eut assez d'énergie pour s'accoutumer au travail à un âge où d'ordinaire on ne prend guère de nouvelles habitudes. Il fut récompensé de ses efforts en voyant Hedwige plus gaie et plus heureuse de cette modeste existence qu'elle ne l'avait jamais été au milieu du luxe dont il se plaisait à l'entourer. Souvent, en se rappelant les craintes qu'elle lui avait exprimées jadis, il se prenait à son tour à murmurer :

« Il ne faut pas jouer avec le feu. »

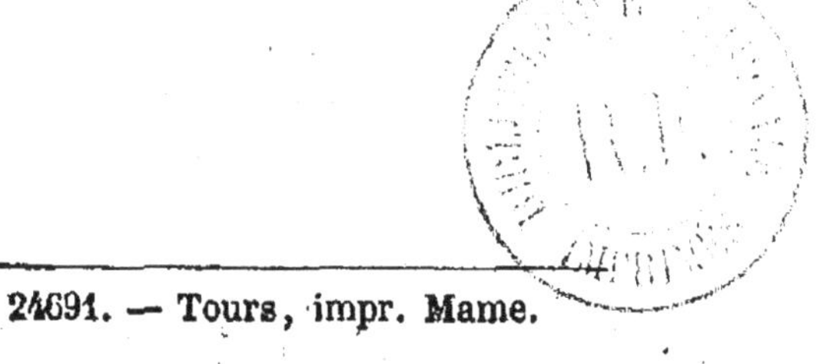

24691. — Tours, impr. Mame.

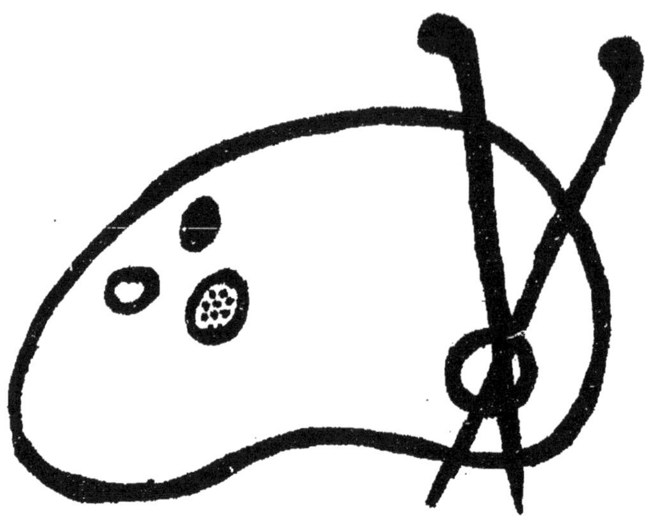

Original en couleur

NF Z 43-120-8

www.ingramcontent.com/pod-product-compliance
Ingram Content Group UK Ltd.
Pitfield, Milton Keynes, MK11 3LW, UK
UKHW022305120726
13694UKWH00003B/1257